君に贈る言葉

詩人 小倉 政通

父から娘に
伝えたいメッセージ
私は君がいるだけで幸せ
私は君がいるだけで感動する
君は私の生きた証

君に贈る言葉

大切に
大切に
君の気持ち大切に
今を生きて
ありのままでいて
私は君がいるだけで
涙が出てくる
ありがとう
ありがとう
大切な君の存在

君はいつも
やりたい放題
今を切に生きる君
君から学ぶ事は多い
いつも精一杯
生きること

海

君は無邪気に
遊ぶ
服なんてびしょびしょ
やりたい事
今しかできない事
いつも精一杯

明るく素直な君
自由な表現が美しい
そして可愛い

天真爛漫
跳ねたり
踊ったり
笑ったり
抱きしめたり
大声あげたり
忙しなく動く君
とぼけた顔して
いつも真剣で頑張り屋
正に天真爛漫

君が生まれた事に
意味がある
君が生まれて初めて私は父親になれた
ありがとう
心から

天然

君はみんなから
天然と言われる
明るくて
素直で
優柔不断で
いじっぱりで
そして
誰より優しい
天然の君
誰より愛しい

君の事をいつも天から想っている
いつまでも
いつまでも
いつまでも

朝日
君はまだ夢の中
私は一人朝日を
見ている
そして君を想う
新しい朝が来た
君には夢と希望
待っている

ズバリ真髄をつく
言葉の深み
言葉の重み
言葉の楽しみ
心で感じて

君から観た僕の日常
撮影者／君

身体は大切
心はもっと大切
自分の心にいつも問いかけて
自問自答してごらん
答えはゆっくり出してごらん

健康
体が一番
心も一番
気合いも一番
心気体
どれを取っても
大切
健康
人間として
生きる為の全て

君が生まれる前お腹にいる時から
僕らはさくらを共に観ている
毎年さくらを観る
いつ観ても美しい
心が純粋
穏やかに君と過ごせる
幸せ
感動している

さくら
世界で一番美しい花
誰からも愛され
手に取りたい
親しみやすい花
いつまでも
いつまでも
眺めていたい
心があたたたくなる花
さくら

小倉政通

君の今の姿は妖精
妖精そのもの
でもいつか大人になる
今を楽しみ
今を生きてね
夢を見続けて羽ばたいて

一生懸命
頑張り屋の君
大きな舞台に向い
楽しみながら努力
努力を努力と想って無い
素晴らしい
爆発的に楽しみ
いつもハツラツしている
そんな君が眩しい
心が熱い

自分にやさしく
自分を責めないで
君はいつだって幸せ
自分を信じる力がある

気づき、
自分を許して
あげる
こんな自分でいい
そうすると
こんなに
心が楽に成る

この先ツライ試練は待っている
でも必ず乗り越えられる
君はそれだけの価値がある
君は存在するだけでいい

道
君の行く道
その先に何がある
素晴らしい
君の道
私はいつも
見守っている

やさしく生きる事
今の君は充分過ぎるくらい
やさしい
今のままの君でいて
そのやさしさが
みんなを癒す

やさしさ
自分が想う事
では無く
相手が感じる物
平等であれ
誰に対しても
やさしさを
与え続ける
己であれ

私が君に伝える
伝えたい事が有りすぎて
うまく面と向かって伝えづらい
だから今私は本を創る
君に贈る言葉

伝わる
伝わらない
十人十色
正解なんて無いから
やりがいが有る
まず目前にいる
君に伝える
私の生きた証を

君がもう少し
大きくなったら
君なりの愛の意味を
教えてください

愛

君はどれくらい愛を知る
君の愛の深さて何？。
愛について語る君
真実の愛を追求する
どれだけ愛されたら
君の気持ちは透き通る
永遠の愛
無償の愛

愛を求め

君の自由感が好きだ
自由過ぎる君の瞳
いつも遊びを想う瞳
自由自在に

撮影場所：
さっぽろホワイトイルミネーション
クリエイティブシアタードーム
映像制作 馬場ふさこ
https://fiore-luna.com

自由
自由な君
常に自由空間
枠に収まらない
良くも
悪くも
自由
飛翔して
自由の女神

君はこれから
多くの人と出逢うでしょう
その一人一人を大切にして
多くの人を愛して
そして愛される
喜びを感じて

撮影場所：
サッポロファクトリー

一人では無い
人は以外と一人では無い
まわりにはどんな人でも
多くの人がいる
そっと見守っていてくれる
決して一人では無い
優しい人
怒りっぽい人
いろいろな人がいる
でもみんな味方
私の味方
信じる事の大切さ
人を愛する事

想いは永遠に続く
私の生きた証を繋ぐ
ありがとう
君の心はいつもそばにいる

永遠

大切な人の為
生きたい
奇跡が起きる
なら
今のまま
永遠に
朽ちないで

6:03
Panasonic

君は自由に空を舞い
自分で自由を掴んで
リバティ
勝ち取った自由

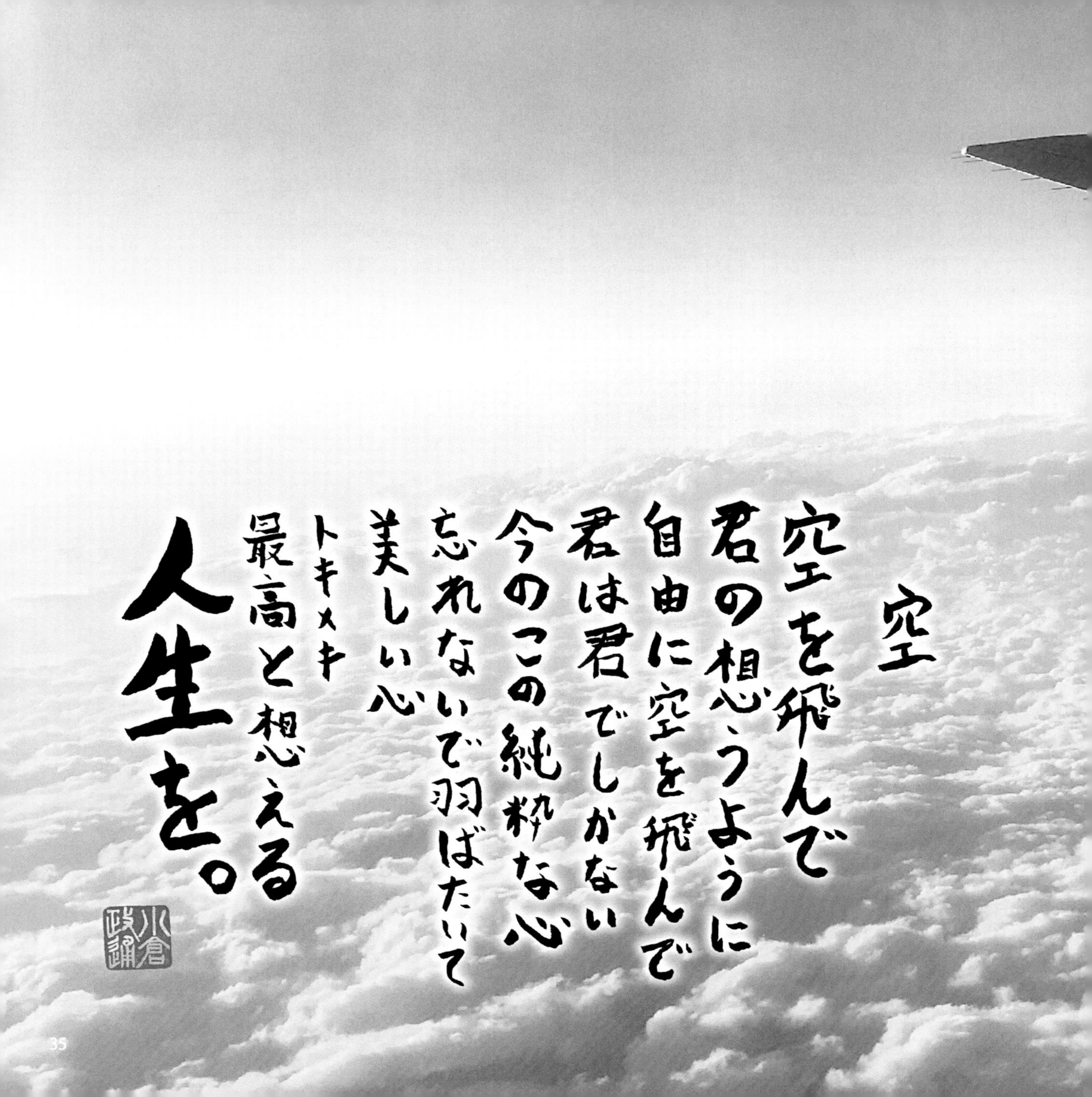
空
空を飛んで
君の想うように
自由に空を飛んで
君は君でしかない
今のこの純粋な心
忘れないで羽ばたいて
美しい心
トキメキ
最高と想える
人生を。

あとがき

父から娘に伝えたい言葉、
「君に贈る言葉」
自分の存在価値、生きた証を君に伝えたい。
もし、君がつまずいた時この本を開いて欲しい。
そこには私の今現在の想いを溢れさせている。
小学校卒業という時期に君が、
少女から女性に変わっていく姿が美しい。
心から愛おしい、あの幼い少女時代は戻らない。
淋しい気もするがそれも物語。
君と私のかけがえの無い物語は、
今始まったばかり。
いつまでも、いつまでも
君を心の深い所から見守っている。
私の命が消えてしまっても、
「君に贈る言葉」は消えない。

小倉 政通（おぐら まさみち）

詩人
1975年10月8日生　O型
札幌在住
高校2年より詩を書き始める。
就職して活動ブランクも有ったが、42歳に又自分とは何かと目覚め創作活動を始める。自身のテンションの高まりにより毎日自由に詩を綴る。
写真は自身で全て撮影している。

個展開催
・初個展　2019年5月20日～6月14日
　札幌市役所食堂 さっぽろしみん食堂スポットギャラリー
・第2回個展　2019年8月1日～8月30日
　北陸銀行札幌支店

配信メディア
Facebook 「小倉政通」
Twitter 「詩人小倉政通」
Instagram「oguramasamichi」
Ameba 「詩人小倉政通」

君に贈る言葉

2020年5月　第１版発行

著　者　小倉　政通
発行者　小倉　政通
MAIL　ogu501008@gmail.com

詩・写真　小倉　政通

ISBN978-4-86381-170-6 C0092